G. Schaller

Weihnachtsglanz

G. Schaller

Weihnachtsglanz

ISBN/EAN: 9783743382886

Hergestellt in Europa, USA, Kanada, Australien, Japan

Cover: Foto ©Andreas Hilbeck / pixelio.de

Manufactured and distributed by brebook publishing software
(www.brebook.com)

G. Schaller

Weihnachtsglanz

Weihnachtsglanz.

Predigten

von

G. Schaller,

weiland Professor der Theologie am Concordia-Seminar zu
St. Louis, Mo.

MILWAUKEE, WIS.
MDCCCXCVI

Für unsere teuere

Mutter

als Weihnachtsgeschenk in dankbarer Liebe und

höchster Verehrung gegen sie und unsern unvergeßlichen

Vater zusammengestellt und herausgegeben

von ihren drei Söhnen

Johannes,

Adalbert,

Wilhelm.

New Ulm,
Milwaukee,   } im Dezember 1895.
Baltimore,

Chriſtmette.

Chriſtmette.

JEſu, würdig aller Kränze,
Quell der Wahrheit ohne Grenze,
Komm der Seele näher, glänze,
Komm, du längſt Erwarteter! _ Amen.

Etwas Außerordentliches hat uns in dieſer
Morgenſtunde hier verſammelt, etwas Anbetungs=
würdiges, Kniebeugendes, den armen Menſchen
bis an die Sterne Erhebendes, das einſt in dieſer
hochheiligen Nacht geſchehen iſt. Ein Wunderwerk
des Allmächtigen, wie ſeit den Tagen der Schöpfung
keines mehr geſchehen war, ja, wenn man will,
ein Wunder größer als die Schöpfung ſelbſt, ein
Wunder, wodurch die verlorne Schöpfung gerettet
wurde. Blicket hin nach Bethlehem Juda, blicket
hin nach der Stadt Davids, ſehet, ſehet, was will
das werden? Was ſoll das geben? Was für ein
Leuchten des Himmels in der Nacht! Wer hat je

eine solche Nacht erlebt? Will der Himmel mit all seinen Lichtern auf die Erde fallen? Nein, er fällt nicht, der Himmel, er steht fest, wie sonst, und doch ist's, als ob er sich zur Erde niederlasse! Was sehe ich, ist das ein angezündeter Christbaum mit tausend und abertausend Lichtern brennend, auf der Erde stehend, bis in den Himmel reichend? Ach nein, das sind die himmlischen Heerscharen, das sind die Feuerflammen-Engel, das sind die seligen, freudenreichen Bewohner der obern Welt. Was wollen sie auf dieser untern Welt? Sie haben der Welt eine Botschaft, eine Botschaft ohne Gleichen, eine unerhörte Freudenbotschaft zu brin= gen, — und richten sie aus an arme Hirten, die des Nachts ihrer Herde hüten bei den Hürden, und welche über diesen Tagesglanz um Mitternacht heftig erschrecken. Aber der Engel des HErrn tritt aus der Menge der Himmelsheere heraus vor die Hirten hin und richtet seine Botschaft aus. Welche Botschaft? Singe, du Gemeinde des HErrn! Singe, was der Engel sang! Laß wiederhallen, was in aller Welt heute erschallt, was in alle Ewigkeit erklingen wird! Welches ist die Botschaft?

Denkt euch, m. L., aus einer andern Welt käme jemand auf unsere Erde nieder, dessen Sinne so beschaffen wären, daß er in e i n e m Momente alle Christenlande übersehen und zugleich alles, was darin verlautet, vernehmen könnte. Denkt, es wäre eben Weihnachtsmorgen und mitten auf dem Erdkreis, auf dem Gipfel eines hohen Berges etwa, nähme der Fremdling seinen Standpunkt. Und wie er auf dieser Höhe angelangt, da hüben eben die Lüfte an sich zu bewegen, wie e i n e Riesenharmonie brauste das Getön der Tausende von Glocken an sein Ohr, die in den Türmen der Christenkirchen zusammenschlagen. Und wie er sich umschaute, da sähe er mit e i n e m Blick die unzähligen, festlich geschmückten Scharen, die unter den feierlichen Tönen zu den Tempeln strömen, und zugleich vernähme er das tausendstimmige Gejauchze in den Gotteshäusern und den Jubelton all der Verkündigungen und Gebete, die von den

Kanzeln hallen. Wie würde dem Frembling dabei
werden? Mit welcher Spannung würde er Auf=
schluß erwarten über dieses Weltfest? — Denkt
euch, es träte einer zu ihm hin und führte ihn, mit
dem Versprechen, ihm das Fest zu deuten. Der
Frembling denkt, nun gehe es auf ein Schlacht=
feld etwa, wo irgend ein glänzender Triumpf
erfochten wurde; aber nein, der Geleitsmann
führt ihn in ein Städtlein, gering und geräuschlos,
und zeigt ihm nicht Lorbeerkränze, nicht Krönungs=
feste, sondern zeigt ihm mit bedeutungsvoller Miene
ein Paar armer Handwerksleutlein, die ermattet
von der Reise durch die Straßen des Städtleins
ziehen und Herberge suchen, aber keine finden.
Der Frembling faßt es nicht, was der Führer mit
diesen Leutlein wolle und seine Spannung steigert
sich von einem Augenblick zum andern. Da führt
ihn der geheimnisvolle Freund zu einem Hüttlein,
dem armseligsten im Ort, und spricht: „Wir sind
zur Stelle!" „Wie?" denkt der Fremde, „man
spottet meiner." Aber der Führer drängt ihn in

den Stall hinein, zeigt ihm beim matten Schein eines Lämpchens eine arme Magd, dieselbe, die sie durch die Gassen wandern sahen, neben ihr in der Krippe ein Bett von Heu und Stroh, darauf ein neugebornes Kind in dürftigen Windeln — und nun eröffnet er dem Staunenden: Dies Kindlein sei es, das die Erde in so festliche Bewegung setze, diesem Säugling gelte das Getön der Glocken, dieses Söhnleins Name halle wieder in den Millionen Lobgesängen, die er vernommen habe, und was die Angesichter von Pol zu Pol strahlen mache; dieses arme Knäblein sei es und nichts anderes. Welch ein Befremden, welch ein Staunen müßte sich dieses Fremdlings bemächtigen! Stundenlang würde er erst mit dem Zweifel sich herumzuschlagen haben, ob es nicht wohl nur ein wunderlicher Traum sei, was er schaue und vernehme; dann aber würden wir ihn die Hände über das Haupt zusammenschlagen sehen und ihn stürmisch, außer sich vor Verwunderung fragen hören: So sage doch, wer, wer ist denn dieser Säugling?

Wir aber haben gehört, was der Engel ver=
kündigte; wir nehmen seines Winkes wahr und
gehen mit den Hirten nach Bethlehem, um diese
Krippe auch in die Augen zu bekommen, den seli=
gen Anblick, die himmlische Christbescherung unsers
Gottes, der uns seinen Sohn verehrte. Denn
das, das ist der Säugling. Stimmt an:

> Des laßt uns alle fröhlich sein
> Und mit den Hirten gehn hinein,
> Zu sehn, was Gott uns hat beschert,
> Mit seinem lieben Sohn verehrt.

Sind wir nun im Stalle und an der Krippe
angelangt und haben uns einen Augenblick ge=
weidet an dem holden Anblick, stumm vor Staunen,
und wirft das liebe JEsulein durch unsere Augen
und Ohren wie durch geöffnete Fensterladen seinen
Himmelsglanz von lauter Gnade und Liebe und
Erbarmen uns ins Herz hinein, ja, dann können
wir auch nicht länger schweigen, dann müssen wir
ihn als einen edlen Himmelsgast bewillkommnen
und grüßen und anbeten. Denn wir haben es

von den Hirten vernommen, was die Engel von
diesem Kinde predigten in den Lüften um Beth=
lehem: „Euch ist heute der Heiland
geboren." O tiefes Weihnachtsgeheimnis, in
dessen Gründe kein Sterblicher hinabschauen kann,
ohne daß seine Seele schwindelt und die Kniee ihm
vor Erstaunen und Bestürzung anfangen zu beben.
Heben wir die letzten Schleier von der Krippe:—
wer ist Er denn? Heilige Boten treten aus der
Höhe:—was sagen sie? Nun, wenn sie beteuerten,
es liege in der Krippe ein großer Mann, ein
künftiger Monarch, ein Welteroberer, ein Weis=
heitslehrer, der Stifter einer neuen Religion und
Gelehrtenschule — das ließe' sich noch glauben.
Denn die Geschichte vieler der größten Männer,
die die Welt betreten, nimmt in solchem Dunkel
der Niedrigkeit und Armut ihren Anfang. Aber
nein, wir vernehmen ein Lied im höhern Chor.
Kaum traut man seinen Ohren. Wenn sie sagten:
ein Engel liege auf dem Stroh, ein menschgewor=
dener Seraph—aber was Seraph! Sie beteuern

es, der, den auch die Engel ihren Schöpfer nen=
nen, der liege in der Krippe; der den Sternen
ihre Bahnen zeichnet, der trinke Milch aus sterb=
licher Mutter Brust. Mit einem Worte: Der
junge Knabe — Gott ist er im Fleische — er ist
Jehovah in menschlicher Natur — er ist Immanuel,
Gott mit uns. O Freude! O Wunder! O
Anbetung! Das zieht auf die Kniee nieder.
Laßt ihn uns anbeten und singen:

> Bis willekomm, du edler Gast,
> Den Sünder nicht verschmähet hast,
> Und kommst ins Elend her zu mir,
> Wie soll ich immer danken dir?

So recht, meine Geliebten. Vater Luther
kniet zuvörderst an der Krippe und betet an. Er
singt uns dies Liedchen vor, wir singen's nach.
Der Schöpfer aller Dinge auf dürrem Gras lie=
gend, der Speise der Rinder und Esel sich zum
Ruhebettlein bedienend bei seinem Eintritt in die
Welt! Wie ist er so gering, so arm geworden!
Der Reichste der Ärmste! Siehe ihn, wie er

daherprangt, seine königliche Wiege eine Futter=
krippe; sein königliches Prunkgemach ein Stall;
sein Sammet, was auf den Wiesen wächst. Wohl
waren Perlen dran, als es noch die Au schmückte,
aber sie sind verschwunden, der Tau vom Grase
ist hinweg, es ist verdorrt. Ein rauher Sammet,
grobe Seide das!—Doch wohl gut, er soll an=
gebetet sein, der HErr in der Stadt Davids.
Uns irren diese groben Sammet= und Seidenstoffe
nicht. „Er ist auf Erden kommen arm, daß er
unser sich erbarm und in dem Himmel mache reich
und seinen lieben Engeln gleich." Und alles,
was wir noch zu thun haben, ist, daß wir ihm ein
Räumlein in unsern Herzen gönnen, wo er fürder
sanft ruhen will. Denn nur so ist er unser Hei=
land, nur so genießen wir die g r o ß e Freude,
die aller Welt widerfahren ist und zu teil werden
soll; nur so wird es recht Weihnachten bei uns
und bleibt Weihnachten; nur so wird das Herz zu
einem Himmel, wenn der HErr des Himmels
drinnen wohnet; nur so wird der Sünder gerecht,

wenn der Heiland all seine Sünde deckt; nur so wird der Sünder selig, wenn JEsus Christus ihm alle Seligkeit schenkt und ins Herz legt. Ach, solch ein Fest, solch eine Christbescherung komme uns allen heute aus der Höhe! Solch eine Gnade schenke uns er selbst, der Neugeborne, des Söhnlein Mariens, der Sohn Gottes, JEsus Christus, hochgelobt in Ewigkeit! Stimmet an:

> Ach mein herzliebes JEsulein,
> Mach dir ein rein sanft Bettelein
> Zu ruhn in meines Herzens Schrein,
> Daß ich nimmer vergesse dein.

Amen.

Am ersten Weihnachtsfeiertage.

(1855.)

Am ersten Weihnachtsfeiertage.

(1855.)

O du erbarmungsreicher, grundgütiger Gott und Vater, du ewige Liebe, der du einst an dem heutigen Tage deinen Himmel über diese Sünden= welt aufgethan und deinen eingebornen Sohn herabgesendet und ihn zum allgemeinen Heiland der Sünder bestimmt hast: alle Engel und Erz= engel preisen dich darob, betrachten mit staunen= der Bewunderung diese That deiner unbegreiflichen Erbarmung und besingen sie mit ewigen Jubel= liedern. Auch wir sind heute hier versammelt, um den Tag festlich zu begehen, da du dein Herz mit uns Sündern geteilt und uns deinen ein= gebornen Sohn zu unserm Heilande geschenkt hast. O Vater, der du keinen von deinem Heil aus=

geschlossen hast, hilf, daß ein jeder in diesen Tagen das Wunder der Liebe in der Mensch= werdung deines Sohnes, unseres HErrn JEsu Christi, lebendig erkenne und immer fester glauben lerne, daß du auch ihn geliebt hast in deinem geliebten Sohn, daß diese wunderbolle Geburt auch ihm gelte, damit wir am Schlusse dieses Festes alle mit einer Stimme und in e i n e m Glauben und mit gleicher Freude frohlocken: Ja, uns ist heute der Heiland geboren! Amen.

In JEsu Christo, dem neugebornen Wunder= kind und Erlöser, herzlich geliebte Zuhörer!

Was die Erzbäter mit so heftigen Wünschen begehrt, die Propheten geweissagt und die Gerech= ten zu sehen verlangt haben, das ist an dem heutigen Tage in seine Erfüllung gegangen: Gott ist auf Erden im Fleische erschienen und hat unter den Menschen gewohnt. Laßt uns deswegen jauchzen und fröhlich sein, meine Geliebten. Denn, hüpfte Johannes schon, da er noch in dem Leibe seiner Mutter war, weil Maria zur Elisabeth,

seiner Mutter, kam, wie viel mehr müssen wir
vor inniger Freude jauchzen, da wir an diesem
Tage nicht etwa der Geburt des zukünftigen Er=
lösers entgegensehen mit sehnlichem Warten, und
nicht etwa nur Marien, sondern unsern HErrn,
den neugebornen Erlöser selbst im Geiste erblicken;
wie viel mehr müssen wir über seine Geburt und
das große Geheimnis seiner Menschwerdung, das
von keinem Gedanken gefaßt werden kann, mit
Verwunderung und Staunen erfüllt werden! In
welches Erstaunen würden wir nicht geraten, wenn
die Sonne den Himmel verließe und auf der Erde
wandelte und von da ihre Strahlen zu allen
Menschen ausschickte! Würden nun mit Recht alle
Einwohner der Erde, wenn ein solches Wunder
an diesem irdischen Lichte geschähe, darüber er=
staunen, wie viel mehr müssen wir darüber in die
tiefste Verwunderung geraten, da jetzt ein weit
größeres Wunder geschieht, da die Sonne der
Gerechtigkeit aus unserm Fleische ihre Strahlen
ausgießt und unsere Seelen erleuchtet!

Wie unglücklich war die Welt, ehe Christus
geboren war, und wie unglücklich ist noch jeder
Mensch, in welchem Christus noch nicht geboren
worden! Blicket hin in jene vergangenen Zeiten,
sehet zurück in jene grauen Jahrhunderte, von
welchen geschrieben steht: „Siehe, Finsternis be=
deckt das Erdreich und Dunkel die Völker" (Jes.
60, 2), was erblicken wir da? Die ganze Erde
war von Bosheit angesteckt, die Gottlosigkeit
herrschte überall, der Rauch und Dampf der
Götzenopfer füllte die Lüfte, das Gesetz vermochte
nichts, durch die Propheten ward die Welt nicht
gebessert. Vermahnungen und Wunder, Strafen
und Plagen fruchteten nichts. Die Erde war mit
Strömen Menschenbluts entheiligt, die Natur
selbst wurde verkannt, denn sie opferten ihre
Söhne und ihre Töchter den Teufeln (Pf. 105).
Die Altäre des HErrn wurden niedergerissen, die
Propheten umgebracht, der Tempel, der der
Gottesfurcht geweiht war, wurde ein verfallenes
Gemäuer, ein Ort, da die Priester ihre schänd=

lichen Greuel trieben. Die Gewalt der Bosheit
war groß, alles überdeckten finstre Wolken, alles
umhüllte finstre Nacht, in welcher nur der zür=
nende Donner des göttlichen Gesetzes rollte, um
die übrig gebliebenen Frommen, die nach dem
Aufgang des Tages seufzten, samt den Gott=
losen zn erschrecken und zittern zu machen.

O wie dunkel war jene Nacht!

Und ebenso dunkel ist's noch heute in einer
Seele, die das Wunder der Menschwerdung des
Sohnes Gottes noch nicht an sich erfahren hat,
für die er so gut wie noch nicht geboren ist! Seit
Adam von Gott abfiel und sein Geschlecht den
Namen der Sünder führt, seitdem lebt der Mensch,
der die Versöhnung durch Christum noch nicht
empfangen hat, in lauter greulichen Todsünden
und deshalb auch in lauter Furcht und Angst; er
ängstet und fürchtet sich vor Gott, wie sich ein
Missethäter vor dem Richter und Scharfrichter
fürchtet; er fürchtet sich vor dem Tode, wie die
tägliche Erfahrung bestätigt; er fürchtet sich vor

dem Gericht und der Offenbarung seines In=
wendigen. Es ist in jedem Menschen, auch in
dem roheſten, ein heimliches Warten, ein heim=
liches Abängſten und Unwohlſein auf den Tag des
Gerichts und des Feuereifers, der die Wider=
wärtigen verzehren wird. Vor dem Falle fürchtete
ſich der Menſch vor nichts, denn er ſtand in der
innigſten Gemeinſchaft mit ſeinem Schöpfer; war
Gott für ihn, wer mochte wider ihn ſein? Nach
dem Falle fürchtet er ſich vor allem, ſelbſt wenn
ein Engel als Friedensbote ihm die Nachricht von
ſeinem Heilande bringt, denn er hat ein böſes
Gewiſſen und wandelt in dunkler Nacht. Selbſt
wenn uns Sündern die Botſchaft gebracht würde:
der allmächtige Gott iſt auf dieſe Welt gekommen,
und es würde nicht noch etwas Tröſtliches hinzu=
gefügt, was würde wohl der erſte Gedanke unſers
Herzens dabei ſein? Gewiß würde jeder, der bei
ſich ſelber iſt, der nicht gerade im Traume, im
Sündentraume wandelt, ein jeder denkende und
gottesfürchtige Menſch würde ſich grauſam ent=

ſeßen ; er würde denken : der HErr iſt zum Gericht gekommen ; er will unſre Sünden, meine alten Sündenſchulden will er heimſuchen.

Er würde es ohne ausdrückliche göttliche Ver= ſicherung nicht glauben können, daß Gott aus Gnaden zu ihm komme, um ihn ſelig zu machen. Am allerwenigſten würde er es glauben können, daß Gott ihm aus Liebe ſeinen Sohn ins Fleiſch zu einem Heilande und Erlöſer geſandt habe : dies wäre ihm ein ſchlechterdings unglaubliches Wunder. Denn wie ſollte man in ſolcher Finſter= nis, in ſolchen böſen Werken, bei ſolcher Gott= vergeſſenheit und Gottentfremdung noch an Gottes Gnade glauben können ! Wie ſollte man es ſogar für möglich halten, daß Gott ſeinen eingebornen Sohn für die Mörder, für die Verfluchten dahin= geben und ihn zu dem Ende einen wahren Menſchen wolle werden laſſen ?

Darum muß der Engel kommen und die erſchrockenen Hirten und in ihnen das ganze er= ſchrockene Menſchengeſchlecht zuerſt tröſten und

sprechen: „Fürchtet euch nicht. Siehe, ich verkündige euch große Freude, denn euch ist heute
der Heiland geboren." Und sehet, ihr armen
Menschenkinder, eben dieses Wunder göttlicher
Erbarmung haben wir an dem heutigen Tage zu
preisen, eben von dieser unvergleichlichen Geburt
des Sohnes Gottes laßt uns heute ein Mehreres
erwägen.

Text: Evang. Luk. 2, 1—14.

Es begab sich aber zu der Zeit, daß ein Gebot vom Kaiser
Augustus ausging, daß alle Welt geschätzt würde. Und
diese Schatzung war die allererste und geschah zu der
Zeit, da Cyrenius Landpfleger in Syrien war. Und
jedermann ging, daß er sich schätzen ließe, ein jeglicher
in seine Stadt. Da machte sich auch auf Joseph aus
Galiläa, aus der Stadt Nazareth, in das jüdische Land,
zur Stadt Davids, die da heißt Bethlehem, darum, daß
er von dem Hause und Geschlechte Davids war, auf
daß er sich schätzen ließe mit Maria, seinem vertrauten
Weibe, die war schwanger. Und als sie daselbst waren,
kam die Zeit, daß sie gebären sollte. Und sie gebar
ihren ersten Sohn und wickelte ihn in Windeln und

legte ihn in eine Krippe; denn sie hatten sonst keinen Raum in der Herberge. Und es waren Hirten in derselbigen Gegend auf dem Felde bei den Hürden, die hüteten des Nachts ihrer Herde. Und siehe, des HErrn Engel trat zu ihnen, und die Klarheit des HErrn leuchtete um sie, und sie fürchteten sich sehr. Und der Engel sprach zu ihnen: Fürchtet euch nicht; siehe, ich verkündige euch große Freude, die allem Volk widerfahren wird; denn euch ist heute der Heiland geboren, welcher ist Christus, der HErr, in der Stadt Davids. Und das habt zum Zeichen, ihr werdet findet das Kind in Windeln gewickelt und in einer Krippe liegen. Und alsbald war da bei dem Engel die Menge der himmlischen Heerscharen, die lobten Gott und sprachen: Ehre sei Gott in der Höhe, und Friede auf Erden, und den Menschen ein Wohlgefallen.

Aus diesem verlesenen Festevangelium laßt mich euch heute vorstellen:

Die Geburt unseres Heilandes JEsu Christi, als eine Geburt, die nicht ihres Gleichen hat.

Denn

1. Keine menschliche Geburt ist je
so wunderbar gewesen.

2. Keine menschliche Geburt ist auch
je so heilbringend gewesen.

Der Kirchenlehrer Chrysostomus sagt: „Viele
von den Heiden verspotten uns, wenn sie von einem
Gott hören, der im Fleisch geboren ist." So un=
gläublich ist das Wunder der Menschwerdung des
Sohnes Gottes der menschlichen Vernunft, so
unmöglich, ja so lächerlich erscheint es ihr. Wenn
ein König seinen Einzug in eine Stadt halten soll,
so werden Teppiche ausgebreitet und Fackeln an=
gezündet, die Hohen und Mächtigen gehen ihm
alle in festlichen Gewanden entgegen, man hört
Trompeten und Pauken, überall erblickt man
herrliche Kleider und Kränze, alles ist Pracht.
Aber da der König des Himmels auf der Erde
ankommen sollte, erblickte man nichts von solchem
Gepränge, ja man fand vielmehr das Gegenteil.

Man fah nichts als ein schlechtes Haus, einen
Stall, eine Krippe und eine Mutter, die nicht ein=
mal diesen schlechten Stall ihr Eigentum nennen
konnte. Sie war fremd hier zu Bethlehem und
allem Anscheine nach ganz armselig; man sah
überall nichts, als große Dürftigkeit, überall nichts
als die äußerste Armut. Weshalb auch Luther
sagt: „Der Evangelist zeigt uns hier, daß Maria
und Joseph die allergeringsten und verachtetsten
gewesen sind, daß sie jedermann weichen mußten,
bis sie endlich in einen Stall gewiesen, mit dem
Vieh gemeine Herberge, gemeinen Tisch, gemeine
Kammer und Lager haben müssen annehmen, in=
des manch böser Mensch im Gasthause nebenan
gesessen, sich hat als einen Herrn ehren lassen.“

Wenn das die Vernunft hört, so wird sie nur
noch mehr stutzig und denkt, es ist schon unglaub=
lich, daß Gott sollte ein Mensch werden, aber am
allerunglaublichsten ist, daß er, wenn er je als ein
Mensch geboren würde, in solchen ärmlichen, ver=
ächtlichen Umständen sollte geboren werden.

Doch der Vernunft ist Folgendes zu erwidern. Hätte er gewollt, so hätte er bei seiner Ankunft freilich die Himmel bewegen, die Erde erschüttern und seine Blitze leuchten lassen können. Ja, was sage ich? Er hätte uns nur seine Gottheit zeigen dürfen, wie unendlich würde diese nicht allen andern Glanz übertroffen haben! Doch das that er nicht, denn er wollte uns nicht verderben, son= dern selig machen; er wollte uns nicht in Schrecken jagen, sondern zu sich locken; er wollte sich nicht neue Herrlichkeit suchen, — denn von Ewigkeit hatte er alle Herrlichkeit beim Vater —, sondern für uns leiden und gleich von Anfang alle mensch= liche Hoffart und den Stolz der Erde unter seine Füße treten wollte er. Darum wird er nicht nur ein Mensch, sondern auch ein armseliger Mensch. Darum ersieht er sich eine Mutter aus einem so geringen Stande und eine so elende Herberge, und gleich vom Anfange, gleich von seiner Geburt an unterwirft er sich der größten Dürftigkeit. Denn sage mir einmal, welches Weib, und wenn sie auch die allerärmste ist, hat nicht wenigstens ein Bett, in welches sie das Kind legen könnte, von dem sie entbunden ist? Der Heiland aber lag nicht auf einem Bette, sondern schlechthin, so gut wie es sich schicken wollte, in einer verächtlichen Krippe und nicht einmal in einer Herberge, sondern in einem Stalle. Dies war der Anfang seines Ein= zugs, dies war die Pracht und Herrlichkeit des= selben.

Doch, m. Gel., ist dies wirklich alles? Ist hier in dieser Geburt des Heilandes JEsu Christi nur lauter Niedrigkeit, lauter Armut und Dürf= tigkeit, lauter Elend und Hilflosigkeit zu sehen?

Laßt mich das Blatt einmal umwenden und schlaget einmal eure Glaubensaugen weit auf, so werdet ihr vielmehr mit tiefster Verwunderung erkennen, daß unter den hier erzählten Umständen der Geburt unseres Heilandes nicht ein einziger sei, der nicht etwas Wunderbares in sich schließe, daß es im Gegenteil eine überaus wundervolle Geburt, eine Geburt voll lauter Wunder, eine

Geburt sei, wie nie eine ähnliche erhört worden. Fürs erste ist es nicht ohne Ursache, daß St. Lucas die Zeit so genau bemerkt, zu welcher diese Geburt geschehen ist, indem er spricht: Es begab sich aber zu der Zeit, daß ein Gebot vom Kaiser Augustus ausging, daß alle Welt geschätzet würde. Und diese Schatzung war die allererste und geschah zu der Zeit, da Cyrenius Landpfleger in Syrien war. Welche bestimmte Zeitangabe! Dies alles geschah und mußte geschehen, auf daß die Schrift erfüllet würde. Da die Zeit erfüllet war, schreibt deshalb auch St. Paulus (Gal. 4), sandte Gott seinen Sohn. Es war dies nämlich eine ganz genau vorher bestimmte und von dem Volk des Alten Testaments längst erwartete Zeit. Selbst Bileam, nachdem er von dem Stern aus Jakob geweissagt hatte, konnte sich nicht enthalten auszurufen: „Ach, wer wird leben, wenn Gott solches thun wird!" Und wer kein Frembling in den göttlichen Büchern des Alten Testaments ist, dem muß es bekannt sein, wie viel tausend Seufzer damals vor den Thron Gottes gebracht wurden, daß der HErr seine Ankunft beschleunigen, daß er den Himmel zerreißen und herabfahren und sein gefangen Volk erlösen möchte. Indessen vergingen von der Schöpfung der Welt an beinahe 4000 Jahre, bis endlich die Verheißung erfüllt wurde, eben weil es eine von Gott bestimmte Zeit war. Eine vorzügliche Weissagung nun von der Zeit, da der Messias kommen sollte, finden wir 1 Mos. 49, 10. Es wird das Scepter von Juda nicht entwendet werden, noch ein Meister von seinen Füßen, bis daß der Held komme. Und wenn, frage ich, ist denn diese Geburt, von der unser Evangelium berichtet, geschehen? Eben zu der Zeit, da der römische Kaiser eine Schatzung für alle ihm unterworfenen Länder und auch für das jüdische Land ausschrieb, somit eben zu der Zeit, da das Scepter von Juda schon so weit entwendet war,

daß der Judenkönig Herodes seine königliche Ge=
walt von den Römern hatte annehmen müssen;
da die Juden daher auch sich gefallen lassen muß=
ten, daß ihre Namen bei dieser Schaßung aufge=
schrieben und in die römischen Schaßungsbücher
eingetragen wurden; kurz, eben zu der Zeit, da
die Weissagung zur Lüge werden oder in Erfül=
lung gehen mußte; zu eben der Zeit nun ist also
die Weissagung wirklich erfüllt. Und es ist dem=
nach zwar ein armes Kind geboren, aber doch ein
Kind, auf das alle Weissagungen gingen, ein
Kind, in dem nun auch alle Weissagungen anfin=
gen erfüllt zu werden.

Hier ist der Schlangentreter, der unsern ersten
Eltern schon im Paradies zu ihrem Trost ver=
sprochen wurde. Hier ist Weibessame, der, wie
das erste Weib vom Manne ohne Weib, so vom
Weibe ohne Mann kommen sollte. Hier ist der
Sohn derjenigen, die als eine reine Jungfrau
sollte schwanger sein, wie Jesaias sagte, und als
Jungfrau einen Sohn gebären, den Immanuel.

Hier ist der, von welchem Jesais verkündigte: Uns ist ein Kind geboren, ein Sohn ist uns gegeben, welches Herrschaft ist auf seiner Schulter, und er heißet Wunderbar, Rat, Kraft, Held, Ewig= vater, Friedefürst. Auf daß seine Herrschaft groß werde und des Frie= dens kein Ende auf dem Stuhl Davids.

Und wie mußte es vor aller Welt offenbar werden, daß er auch Davids Sohn sei? Auf eine wunderbare Weise. Die auf Befehl des römischen Kaisers durch die ganze römische Welt angestellte Schatzung mußte es an den Tag bringen. Denn dadurch wurde nicht nur klar, daß das Volk Israel damals noch richtig in seine Stämme eingeteilt war, so daß jeder Jude wußte, aus welchem Stamme er sei,—denn ein jeglicher ging, sich schätzen zu lassen, in seine Stadt —, sondern man sieht daraus auch, daß sowohl Joseph als Maria aus dem damals ganz herab=

gekommenen Hause und Geschlecht Davids waren;
denn Davids Stadt, d. h. Bethlehem, ist ihre
Stadt, Maria ist Davids Tochter (die man frei=
lich mit anderen Ehren hätte in ihrer Stadt auf=
nehmen sollen), und Marias Kind ist Davids
Sohn:—das bezeugt die ganze Schatzungsgeschichte
vor der ganzen Welt aufs unwidersprechlichste.

Aber noch ein anderer Umstand macht diese
Schatzung höchst wunderbar, den der Urheber
derselben sicherlich nicht beabsichtigt hatte. Es
mußte sich alles dahin vereinigen, daß die Schrift
erfüllt würde. Wenn Israel aus Ägypten, wenn
Joseph aus dem Gefängnisse, wenn Daniel aus
der Löwengrube, das jüdische Volk aus Babel
erlöst werden soll, so weiß Gott schon Mittel und
Wege zu finden, um es zu bewerkstelligen. Him=
mel und Erde sind dann mit einander eins; Gott
und die Menschen haben dann einen Sinn.
Und wenn Gottes Gedanken ja nicht der Menschen
Gedanken sind, so müssen sie doch wider Wissen
und Willen seine Absichten befördern. Und

wenn der Erlöser der Welt seinen bestimmten O r t hat, wo er soll geboren werden, so erhört Gott die dritte Bitte ohne unser Gebet, da muß auf der Erde Gottes Wille geschehen, wie im Himmel, und alles auf der Erde muß sich dazu anlassen, diesen großen Zweck auszuführen.

Der Befehl des Augustus war eins der nötig= sten Stücke zur Beförderung der Absichten Gottes in Bezug auf den O r t der Geburt Christi. Galiläa ist eine Provinz von Palästina und· Nazareth ist eine Stadt derselben. Judäa ist wieder eine andere Provinz und Bethlehem ist eine Stadt in Judäa. Nun hatten die Propheten geweissagt, daß der Messias nicht aus Nazareth, sondern aus Bethlehem kommen sollte. Und du Bethlehem Ephrata, heißt es, die du klein bist unter den Tausenden in Juda, aus dir soll mir der kommen, der in Israel HErr sei, welches Ausgang von Anfang und von Ewigkeit her ge= wesen ist (Mich. 5, 1). Die Juden bezeugten solches auch, als sie deswegen von Herodes befragt

wurden. Es war also der allgemeine Glaube,
daß der Messias aus Bethlehem und nicht aus
Galiläa kommen sollte. Da nun also Joseph
und Maria, aus Bethlehem gebürtig, ihr Vaterland verlassen und in Nazareth Wohnung auf-
geschlagen hatten, — wie das oft geschieht, daß
Leute aus ihrem Geburtsorte wegziehen und in
andern Städten wohnen—, und da Christus in
Bethlehem geboren werden sollte, so ging ein Befehl aus, welcher sie auch wider ihren Willen in
ihre Vaterstadt zurückzukehren nötigte. Dies
Gebot, daß ein jeder sich schätzen und seinen
Namen in die öffentlichen Verzeichnisse eintragen
lassen sollte, zwang sie um deswillen, von Nazareth
wegzugehen und nach Bethlehem zu kommen.
Dies zeigt der Evangelist an, wenn er spricht:
Da machte sich auch auf Joseph von Galiläa, aus
der Stadt Nazareth, in das jüdische Land zur
Stadt Davids, die da heißt Bethlehem, darum
daß er von dem Hause und Geschlecht Davids war,
auf daß er sich schätzen ließe mit Maria, seinem

vertrauten Weibe. Seht ihr, meine Geliebten, wie wundervoll die Umstände dieſer Geburt unſers Heilandes JEſu Chriſti ſind? Der Befehl des Kaiſers Auguſtus, der, nichts von dem allen ahnend, eine allgemeine Schatzung ausgeſchrieben und die ganze Welt in Bewegung geſetzt hatte, brachte die Mutter des HErrn in das von den Propheten vorher verkündigte Vaterland des Hei= landes. Und ſobald ſie nur in die Stadt gekom= men waren, ſo wurde auch JEſus geboren.

Wie aber muß uns erſt zu Mute werden, wenn wir bedenken, was es für eine wunderbare Perſon ſei, die unter ſo wundervollen Umſtänden geboren wurde! Iſt es ein Menſch wie andere Menſchen? Iſt es ein ſündiger Menſch? Ach nein, es iſt kein Sünder, es iſt kein ſterblicher Menſch, denn daß er hernach wirklich ſtarb, war ein ebenſo großes Wunder, als da er Menſch wurde. Es iſt der ewige, unſterbliche Gott! Iſt das nicht eine ſelt= ſame Geburt, eine unerhörte Geburt, eine unbe= greifliche Geburt? Denn erwäge nur, was das

heißt, daß der unvergängliche Gott, der mit dem
Verstande nicht gefaßt, mit Augen nicht gesehen,
und auf keine Weise begriffen werden kann, in
dessen Hand die Grenzen der Erde sind, der die
Erde ansieht und sie bebet, der die Berge anrührt
und sie rauchen, dessen Anblick selbst die Cherubim,
obgleich er sich herabläßt und den Glanz seiner
Gottheit mildert, nicht ertragen können, sondern
sie bedecken vor ihm ihr Antlitz mit ihren Fittichen,
—daß der, der über alle Begriffe unendlich er=
haben ist, die Engel, die Erzengel und alle höheren
Mächte übergebt und unsere Natur würdigt, ein
Mensch zu werden, einen Leib, aus Erde und
Asche gebildet, anzunehmen, mit Muttermilch sich
tränken zu lassen und alle menschlichen Zufälle zu
erdulden! O Wunder ohne Maßen! Als sie
daselbst waren, kam die Zeit, daß sie gebären
sollte und sie gebar ihren ersten Sohn. So wird
also Gott selbst von Maria als ein wahres
Menschenkind geboren.

Des züchtig Haus des Herzens zart
Gar bald ein Tempel Gottes ward,
Ein Mägblein trug ein heimlich Pfand,
Das der Natur war unbekannt.

Hier muß die Vernunft der Sache weichen und kann dies Wunder nicht erreichen. Hier öffnet sich ein Abgrund, in den kein menschlicher Witz ohne Schwindel hineinsehen kann. Hier muß sich die Vernunft unter den Gehorsam des Glaubens gefangen geben. Und glückselige Gefangenschaft, welche zur Freiheit der Kinder Gottes führt! Gott wird ein Kind für unsre Sünd, ins Fleisch ge= kleidt für unsre Seligkeit. Teuere Wahrheit, welche mehr einbringt, als alle Wahrheit der Ver= nunft.

2.

Dieses führt mich zu unserm zweiten Punkte. Haben wir in dem Vorigen gesehen, daß die Ge= burt unsers Heilandes JEsu Christi nicht ihres Gleichen hat, weil keine menschliche Geburt je so wunderbar gewesen, so läßt dies uns zweitens auch erkennen, daß keine menschliche Geburt je so heilbringend gewesen ist.

Warum springt denn also der Sohn Gottes von seinem himmlischen Herrscherthron auf und kommt auf die Erde herab? Was war die Absicht seiner so wunderreichen Geburt? Ach höret, ihr Menschen, höret's, ihr Sünder, es ist keine andere, als die, unser Heiland zu werden. Als er nämlich den Kranken auf seinem Siechbette liegen und verzweifeln sah,—wenn ich hier von einem Kranken rede, so meine ich das menschliche Geschlecht, das auf dem Siechbette der Sünde darniederliegt—, als er diesen Kranken, von Ärzten verlaßen, von Angst gepeinigt, von der Sünde gemartert, von Ungesundheit beherrscht, und seine Natur von allen Gattungen der tödlichen Krankheit angesteckt sah : als er den Menschen an sich selbst verzweifeln, und den Arzt, der ihm zur Heilung seiner Eiterbeulen gegeben war, nämlich das Gesetz, in einen bittern Ankläger verwandelt sah, der seine Gebrechen mehrte und den Menschen

einer größeren Verdammnis schuldig machte; als
er sah, wie wir unter die Mörder der Hölle ge=
fallen waren, die uns ausgezogen und geschlagen
hatten und halb tot in unserm Blute liegen ließen:
so gieb acht, was der Erlöser zuvörderst that. Er
sprang auf von seinem väterlichen Thron ewiger
Herrlichkeit, er kleidete sich in unsere sieche, in
unsere überwunde Natur, damit er in derselbe
litte und stritte und büßete und überwände für
uns! Uns ist der Sohn geboren, uns ist das
Kind gegeben, unser ist der unermeßliche Schatz,
und des Heils, das uns mit ihm geschenkt ist, ist
kein Ende noch Maß.

Darum ruft uns der himmlische Weihnachts=
bote, der Erzengel, zu: Fürchtet euch nicht,
siehe, ich verkündige euch große Freude, die allem
Volk widerfahren wird, denn euch ist heute der
Heiland geboren, welcher ist Christus, der HErr
in der Stadt Davids. Höret doch und merket
auf diese teure Botschaft, thut die Flügelthüren
eurer Herzenskammern weit auf und laßt es darin

wiederhallen, was der einst an dem heutigen Tage
von Gott aus dem Himmel gesandte Diener seines
Thrones den Hirten zu Bethlehem verkündigte!
Der Worte sind wenige, aber was für eine Bot=
schaft ist es, die sie enthalten! Mit diesen Worten
wird uns Menschen etwas so Herrliches verkündigt,
daß von jener Nacht an, in welcher diese Worte
über unsern Erdkreis von den Lippen eines Erz=
engels das erste Mal erklangen, alle Menschen sich
über nichts mehr betrüben, sondern Gott fort und
fort loben und preisen, ja, das „Halleluja!",
das einst alle Seligen von Ewigkeit zu Ewigkeit
im Himmel singen werden, schon hienieden an=
stimmen sollten. Will ich diesen allen Weihnachts=
predigern von der ewigen Liebe vorgeschriebenen
Text nicht verfälschen, so darf ich euch heute nichts,
als das süßeste Evangelium predigen. Ja, ich
muß heute ausrufen:

Sei fröhlich alles, was Mensch genannt wird,
von einem Meer bis ans andere und vom Wasser
bis an der Welt Ende! Alles jauchze! Alles

juble! Ihr Menschen seid zwar in die Not der
Sünde gefallen, aber fürchtet euch darum nicht,
denn euch ist heute der Heiland ge=
boren! Nun kann keine Sünde euch schaden.

Ihr Menschen seid zwar von dem großen Gott
abgefallen, habt ihn mit eurer Sünde erzürnt und
zum Feinde gemacht; aber entsetzet euch darum
nicht, denn euch ist heute der Heiland
geboren. Ihr seid nun wieder mit Gott ver=
söhnt, alle Feindschaft ist nun auf ewig aufge=
hoben, ihr seid wieder Gottes Freunde; ja er
erkennt euch für seines Sohnes Freunde, für seine
lieben Kinder an.

Ihr Menschen seid zwar als Sünder durch
Gottes Gerechtigkeit schon gerichtet und verurteilt
gewesen; aber erschrecket nur nicht, denn euch
ist heute der Heiland geboren. Nun
ist der Schuldbrief aller Menschen zerrissen, der
gefällte strenge Urteilsspruch für null und nichtig
erklärt, das Gericht aufgehoben und alle Sünder
frei und losgesprochen.

Ihr Menschen habt euch bisher vor der Hölle
fürchten müssen, die allen Sündern gedroht war;
aber niemand lasse sich nun vor ihr grauen, denn
e u c h i s t h e u t e d e r H e i l a n d g e b o r e n,
ihr seid nun aus dem höllischen Reiche erlöst, für
euch, die ihr einen Heiland habt, giebt es nun keine
Hölle mehr. Ihr Menschen waret um der Sünde
willen dem Tode unterworfen; nun aber darf nie=
mand sich vor dem Tode scheuen, denn e u c h i s t
h e u t e d e r H e i l a n d g e b o r e n, der Tod ist nun
für euch kein Tod mehr, er ist nur eine Thür zum
ewigen Leben.

Euch Menschen ist zwar der Eingang zu jenem
irdischen Paradiese einst verschlossen worden; aber
trauert nun darob nicht, denn e u c h i s t h e u t e
d e r H e i l a n d g e b o r e n. Nun ist euch allen,
euch allen ein schöneres, das himmlische Paradies
aufgeschlossen, ja schon die Erde, die zuvor ein
Land der Sünde und des Todes und ein Thal des
Jammers geworden war, ist nun in ein himm=
lisches Land verwandelt, in welchem schon alle

Quellen der Freude, Ströme lebendigen Wassers, Ströme des Heils und der Seligkeit fließen.

Euch ist heute der Heiland ge=boren! O der seligen Weihnachtsbotschaft! Das heißt nichts anderes, als: heute ist die ge=fallene Welt wieder aufgerichtet; heute ist die sündenkranke Menschheit geheilt worden; heute ist das Gefängnis aller Menschenseelen aufgethan worden; heute ist für alle Not der Erde eine ewige Hilfe geschafft und alles, worüber der Mensch bis=her trauern, weinen und seufzen mußte, abgethan worden; heute ist die finstere Nacht der Sünde und der Trostlosigkeit, die auf dem Erdkreise lag, plötzlich erhellt worden, der Morgenstern einer ewigen Gnade ist lächelnd am Himmel aufgegan=gen und die Sonne seliger Hoffnung hervorge=brochen. Mußten wir uns vormals vor den Engeln schämen, daß wir Menschen hießen, so ist es von dem heutigen Tage an eine unaussprech=liche Ehre geworden, diesen Namen zu tragen, denn Gott selbst ist unser Heiland, wir sind nun

ein Schauspiel des Himmels und die Bewunde=
rung der Engel geworden; jauchzend begrüßen sie
heute alles, was den Namen Mensch trägt.
Gehörten wir vorher zu den elendesten unter allen
Kreaturen, so ist hingegen von heute an die über
alle Menschen ausgebreitete Gnade so groß, daß
einst heute alle himmlischen Heerscharen den Him=
mel zerrissen, mit dem Glanze des Thrones Gottes
die Nacht der Erde durchbrachen und erhellten und
in tausendstimmigen Chören die über die Welt
aufgegangene Seligkeit feiernd laut sangen:
„Ehre sei Gott in der Höhe, Friede auf Erden
und den Menschen ein Wohlgefallen!"

O meine geliebten Zuhörer, wie selig bin ich
doch, daß ich euch heute also predigen darf, und
wie selig seid ihr, daß ihr heute die selige Botschaft
hören könnt. Wenn sie nur auch ein jeder mit
Freuden ergriffe und faßte! Wie reich, wie fröh=
lich, wie selig würden wir alle heute werden!
Wie würden wir im Weihnachtsjubel der heiligen
Engel selig mitjubelnd einhergehen!

Du finsteres Menschenherz, warum willst du heute nicht fröhlich werden? Warum sitzest du so traurig, so niedergeschlagen, so kalt im Winkel des Elends? Komm herfür! Komm ans helle Licht gegangen, fange herrlich an zu prangen! Sprichst du: meine Sünden sind größer, denn daß sie mir vergeben werden könnten; sprichst du: mein Fall, mein Elend, mein Verderben ist tiefer, als daß ich daraus errettet werden könnte; wie darf ich mich mischen unter die frommen Christen mit ihrem Weihnachtsjubel, ich Feind Gottes, ich Verstockter, ich Verworfener! Der du so sprichst, ich sage dir: und hättest du Einzelner mehr Sünden begangen, als die ganze Sünderwelt und hättest du bisher Gott und sein Wort und alles Heilige gelästert, hättest du ärger als Judas deinen Heiland tau= sendmal verraten und um schnödes Geld an seine Mörder verkauft, ja hättest du, wenn es möglich gewesen wäre, mit eigener Hand dem holden JEsuskinde in der Krippe ein Leid gethan: so ginge doch auch dich die heutige Weihnachtsbot=

schaft an: euch ist heute der Heiland geboren.
Wende dich, wohin du willst, er ist als eine Weih=
nachtssonne heut aufgegangen über alle Welt und
bestrahlt als solche auch dich, o Sünder, sei wer
du seist; denn wärest du auch der größte aller
Sünder, so wärest du doch noch ein Mensch. Bist
du aber ein Mensch, so ist auch der Sohn Gottes
dein Bruder. Ist er aber dein Bruder, so ist er
auch dein Heiland, denn allein darum ward er der
Bruder aller Menschen, um aller Heiland zu sein.
Ist er aber dein Heiland, so ist auch zu dir, wie
zu uns allen, das Wort gesungen: Euch ist
heute der Heiland geboren!

Laß dich darum beines Heilandes Liebe über=
winden und glaube an sie, die größer ist als alle
Sünden aller Sünder, denn sie zog ihn vom Him=
mel auf die Erde.

O so verriegle denn keiner unter uns gegen
die himmlische Weihnachtsbotschaft sein Ohr und
Herz. Nehme sie jeder mit Freuden an: ihr
Armen wie ihr Reichen, ihr Alten wie ihr Jungen,

ihr Eltern wie ihr Kinder, ihr Klugen wie ihr Einfältigen, ihr Sünder wie ihr Heiligen, ihr Gläubigen wie ihr Ungläubigen. Ja, was einst der Engel des HErrn verkündigte aller Welt, das halle heute aus der Tiefe eines glaubenden Herzens wieder von unser aller Lippen: Auch uns ist heute der Heiland geboren! O wunderbare, segensreiche Geburt ohne Gleichen! Dann werden uns alle Engel hören und jauchzen: Ehre sei Gott in der Höhe!

Amen. Amen.

Am zweiten Weihnachtsfeiertage.

(1861.)

Am zweiten Weihnachtsfeiertage.

(1861.)

Text: Titus 3, 4.

Da aber erschien die Freundlichkeit und Leutseligkeit Gottes, unsers Heilandes.

In Christo geliebte und durch ihn teuer erlöste Zuhörer!

Wie hat er die Leute so lieb! Diesen Ausspruch der Verwunderung finden wir im Segen Mosis (5 Buch, 33, 3). Wir mögen dabei billig an das denken, was uns bereits am gestrigen Tage in dem Evangelium von der Geburt Christi verkündigt worden ist. Haben sich nicht die Engel im Himmel selbst darüber verwundert, da sie als Boten aus Himmelslüften herniederstiegen? Haben sie sich nicht zu den Hirten gethan als lebendige

Zeugen solcher großen Liebe Gottes gegen die Menschen! Wie tröstlich hat der Engel des HErrn die Schafhirten angeredet: Fürchtet euch nicht; siehe, ich verkündige euch große Freude, die allem Volk widerfahren wird, denn euch ist heute der Heiland geboren, welcher ist Christus, der HErr, in der Stadt Davids, der HErr vom Himmel, der lebendige Sohn des Hochgelobten! Ist nicht bald zu diesem Einen getreten die Menge der himmlischen Heerschaaren? Haben sie nicht Gott für seine große Liebe gegen die Menschen gelobt und fröhlich gesungen: Ehre sei Gott in der Höhe, Friede auf Erden und den Menschen ein Wohlgefallen! Welches Wohlgefallen nichts anderes ist, als dieselbe Liebe, Lust und Freude des göttlichen Herzens, sich über die armen Menschen in seinem innig geliebten Sohne zu erbarmen.

Nun eben von dieser Liebe Gottes wird heute noch geredet, gesungen; diese ist heute noch, wie gestern, der Gegenstand unserer Festfreude; diese soll uns nur immer größer, herrlicher, tröstlicher

erscheinen, mit immer stärkerer Gewalt in unser
Herz dringen, mit immer seligerem Glanz unser
Gemüt erfüllen, damit unser Herz ein Kripplein
werde, darin man das Kindlein findet, darin es
seine Gnade und Herrlichkeit offenbart. Da die
Engel gelüstet, dieses Geheimnis zu ergründen,
da sie nicht satt werden können, sich zu verwun=
dern, so ist's billig, daß auch wir bei der Krippe
mit nachdenkendem Hineinschauen verweilen.

Darum laßt uns der heutigen Epistel für die=
ses Mal nur ein einziges Wort entnehmen, wel=
ches aber unter den übrigen leuchtet wie die Sonne
unter den Sternen und dem ganzen Text sein Licht
mitteilt. Fassen wir dies ins Herz, so kann uns
dadurch an der Seele hier im Gnadenreich also
geholfen werden, daß wir auch zum Reich der
Herrlichkeit gelangen. Es ist dies nämlich das
Wörtlein „Leutseligkeit", wie Luther das Wort
Philanthropie so schön übersetzt hat, Leutseligkeit,
d. i. Menschenfreundlichkeit, Menschenliebe. Da
aber erschien die Freundlichkeit und Menschenliebe

Gottes unsers Heilandes: dieses Wörtlein soll uns heute Gelegenheit geben, den überschwänglichen Reichtum der Liebe Gottes gegen uns zu erwägen und immer besser zu erfassen.

So laßt uns denn unter Gottes Gnadenbeistand betrachten

Die Liebe Gottes gegen die Menschen.

Dabei möchte ich dreierlei hervorheben:

1. Es ist eine unbegreifliche, freie, reine Liebe, die nichts begehrt, als unsere Seligkeit.

2. Diese Liebe hat das Höchste an uns gewendet, darin sie uns erschienen ist.

3. Diese Liebe wendet noch alle Tage einen Überschwang der Güte und Langmut an uns, um ihren Zweck zu erreichen.

1.

Vergesset des Erste nicht! Ich sage: Es ist die Liebe Gottes gegen die Menschen eine unbegreifliche, freie, reine Liebe, die nichts begehrt, als unsre Seligkeit.

Ja, unbegreiflich, sage ich. Stellet euch nur vor, wer der ist, der da liebet, wer die sind, die geliebt werden und wie groß der Abstand zwischen beiden. Daß das Gleiche einander liebt, ist begreiflich, ist sprichwörtlich geworden. Aber Gott und die Menschen sind ja nicht einander gleich, und so verschieden, wie Himmel und Erde, wie Ewigkeit und Zeit, wie alles und nichts, wie die Unermeßlichkeit und der Tropfen am Eimer. Kurz, der da liebet, ist Gott, der ewige, allmächtige, unendliche, unermeßliche Gott, dessen Majestät unbegreiflich, dessen Herrlichkeit unaussprechlich, dessen Kraft und Gewalt unbegrenzt, dessen Heiligkeit so vollkommen ist, daß auch die heiligen Cherubim und Seraphim ihre Angesichter verhüllen und mit Beugung anbeten. Es ist der

HErr, der keines Dinges bedarf, dessen Wesen
allen Kreaturen unerforschlich ist. „Summa,
durch sein Wort bestehet alles. Wenn wir gleich
viel sagen, so können wir es doch nicht erreichen.
Kurz: er ist es gar. Wenn wir gleich alles hoch
rühmen, was ist das? Er ist doch noch viel höher,
weder alle seine Werke. Der HErr ist unaus=
sprechlich groß und seine Macht ist wunderbarlich",
so spricht einer, dem der Geist die Augen geöffnet.
(Sirach im 43. Kap., Vers 28—31).

Was ist dagegen der Mensch, der so geliebt
wird? Er ist nicht bloß eine endliche Kreatur, ein
kleines Wesen, ein armes Geschöpf seiner Hand,
welches nichts besitzt, das es nicht empfangen hätte;
das allein von Gott selbst aus nichts erschaffen,
mit Leib und Seele begabt worden ist; dessen
Leib von der Erde genommen ist. Er ist nicht
bloß Staub und Asche, nein, er ist auch noch dazu
gefallen, von seiner unerschaffenen Höhe herab=
gestürzt, seiner Herrlichkeit beraubt; eine abge=
fallene Kreatur, welche die Larve und das Bild

des Teufels trägt, unter dem Urteil des Todes und in dem Fluch des Gesetzes liegt, die durch die Erbsünde in der Feindschaft Gottes steht und durch wirkliche Sünde sich immer weiter von Gott entfremdet und ins Verderben stürzt. Wer kann solch Elend recht erkennen, wer kann den Jammer genugsam beschreiben, es malen, was ein M e n s ch s e i, nachdem Satan sein Gift in ihn gespieen und seinen Unflat in das ganze menschliche Geschlecht eingeführt hat, also daß alle Zweiglein an dem ganzen Baum angekrankt, alle Kinder Adams mit der Sünde vergiftet sind und alle an der Sünde den Tod gegessen haben! Daher darf man sich nicht wundern, wenn im Alten Testament das Verderben des Menschen unter solchen schrecklichen Bildern dargestellt, wenn mit dem, was in der Schrift von Aussatz, Eiter, Grind, Blutfluß, totem Aas und allerlei unreinen Tieren gesagt ist, das ganze menschliche Geschlecht in seiner Sünde abgemalet wird.

Nun, siehe, da der Mensch ein solcher ist, so

wird hier geredet von der Philanthropie, von der
Menschenliebe Gottes, seiner Leutseligkeit. Halte
also die beiden zusammen, Gott und Menschen;
den allervollkommensten in seiner größten, keines
Dinges bedürfenden Seligkeit und den allerun=
seligsten, elendesten, jämmerlichsten Menschen;
den allerärmsten Schöpfer und die allerschnödeste,
unreinste und von Gott abgefallene Kreatur, die
von einer bösen und verkehrten Art, ein Schand=
fleck und kein Kind ist, 5. Mos. 32, 5: Wer kann
diese Ungleichheit aussprechen! daß nun doch Gott
der HErr spricht: Ich aber ging an dir vorüber
und sehe dich in deinem Blute liegen und sprach
zu dir, du sollst leben (Ez. 16, 6.), daß dieser
heilige, reine Gott eine solche aussätzige, verwerf=
liche Kreatur noch lieben konnte, das ist unbe=
greiflich.

Darum ist es aber auch zu gleicher Zeit eine
freie, reine Liebe, die wir mit nichts gezwungen
haben, uns geneigt zu sein, der wir mit nichts
wert oder würdig geworden, die wir mit nichts

verbient haben. Da Gott gar und ganz nichts an
uns fand, das ihn hätte bewegen können, so große
Liebe an uns zu thun, da wir vor Gott nichts zu
rühmen haben, sondern alle Welt sich schämen muß
und allen Haß, Zorn, Eifer, Rache, Strafe und
Pein wert ist, so muß diese Liebe einen Grund
allein in sich selber gefunden haben. Das ist der
Quell der Barmherzigkeit, der in Gottes eigenem
Herzen quillt, mit einer unverdienten, freien Liebe,
die nicht das Ihre sucht, sondern u n s e r Bestes,
u n s e r Loben, u n s e r e Seligkeit, ja die sich
nur darum über uns aufthut, auf daß wir möch=
ten selig werden — erreicht sie das, so ist sie zu=
frieden. Darum spricht der Apostel : „Nicht um
der Werke willen der Gerechtigkeit, die wir gethan
hätten, sondern nach seiner Barmherzigkeit machte
er uns selig." O Freundlichkeit, o Leutseligkeit,
o Menschenliebe unsers Gottes, wer kann dich be=
greifen und genugsam rühmen und preisen!

2.

Doch wir wollen diese Liebe Gottes gegen die Menschen noch von einer andern Seite betrachten, nämlich von der recht eigentlich weihnächtlichen, an der Krippe stehend, das holde Kind betrachtend, das uns geboren, den Sohn der uns gegeben ist. Diese Liebe Gottes, die von Ewigkeit her in seinem göttlichen Herzen flammte, ist nicht verloren ge= blieben, sondern offenbar geworden, über uns aufgegangen, wie der Tag, wie Sonne erscheint nach nächtlicher Finsternis, so ist **erschienen** die Freundlichkeit und Leutseligkeit Gottes unsers Heilandes. Ja, diese Liebe hat das Höchste an uns gewendet, sich selbst, das eigne Herz, den eignen und einigen Sohn! Also hat Gott die Welt g e l i e b t, daß er seinen eingeborenen Sohn gab.

Ach, hier wäre zu wünschen, daß unsere Herzen lauter Augen sein möchten, hineinzuschauen in das Herz des himmlischen Vaters, zu spähen, was das für eine Liebe sei, daß er seinen einigen, seinen geliebten, seinen eingeborenen Sohn uns zu einem Heiland geschenkt hat. Wie hat er ihn aber ge= schenkt? Das sagt uns das Weihnachtsfest: a l s o, daß er ihn ins Fleisch sendete, ihn einen Menschen werden ließ! O was ist Gott und was ist der Mensch! Und dennoch war die Liebe Gottes so groß, so inbrünstig, so unaufhaltbar, daß er im Fleisch wollte als die persönliche Freundlichkeit und Leutseligkeit Gottes e r s c h e i n e n und offen= bar werden. Gleichwie die Kinder Fleisch und Blut haben, ist er's gleichermaßen teilhaftig wor= den, damit er unser Bruder würde, weshalb er auch den Namen Immanuel angenommen, d. i. Gott mit uns, Gott m i t d e n M e n s c h e n! Gott nicht allein u n t e r den Menschen, wie unter seinen übrigen Kreaturen, gnädig, freundlich — nein, Gott mit und i n unserm Fleisch und Blut, Gott ein Mensch, wie wir!

Wie würden die Engel frohlocken, wie würden sie sich geehrt und erhoben fühlen in seliger Er= kenntnis der großen Gnade Gottes, wenn Gott sie

gewürdigt hätte, i h r e Natur an sich zu nehmen
und nun als Gott und Engel, in wahrer göttlicher
und wahrer Engelnatur in und mit ihnen zu
schweben! Nun s i e bedurften solche Gnade nicht,
die seligen, fröhlichen Frongeisterlein, die Diener
und Helden; aber wie heilig, wie neidlos sie sind,
wie ganz in Verwunderung versenkt über Gottes
unaussprechliche Liebe zu uns Menschen! Bringen
uns freuderfüllt die Kunde vom Himmel, grüßen
uns liebreich, trösten uns, fordern uns zur Freude
auf, weil u n s der Heiland geboren, Gott und
Mensch, unser Bruder geworden sei — und wir
sollten dabei kalt und fühllos bleiben, wir, die
dies angeht ganz allein? Ach, du elendes, armes
Menschenkind, da bist doppelt arm, zwiefach elend,
wenn du sehenden Augen nicht siehst, mit hörenden
Ohren nicht hörst, und mit deinem unbekümmer=
ten Herzen auch nicht einmal verstehst, was Gott
an dich gewendet hatt um dir zu helfen! Deine
Not und dein Jammer ist schon groß genug, daß
du von Gott abgewichen bist, keine Ruhe, keinen

Frieden in dir haft — soll denn auch dieser unaus=
sprechliche Jammer noch dazu kommen, daß du
Gottes Liebe gegen dich nicht gewahrst, nicht fühlst,
nicht annimmst, daß du dich darüber nicht freuen
und fröhlich werden kannst? Es sollte doch einen
Stein bewegen, Eisen zerschmelzen, und dein Herz
wäre härter als Stein und schwerer zu schmelzen,
als Eisen?

Laßt uns doch nicht so rührungslos an der
Krippe stehen, nicht so bald, als hätten wir schon
genug gesehen, den Blick wieder weg und auf etwas
anderes lenken. Laßt uns doch die Sonne, die
uns da bescheint, recht betrachten, daß die Strahlen
ihrer flammenden Liebe in unser starres, verstor=
benes Herz eindringen! Das ewig Licht geht da
herein und giebt der Welt ein neuen Schein. Ja
wir wollen uns freuen mit den lieben Engeln,
wir wollen loben mit ihnen, in die Hände klopfen
und das Wohlgefallen Gottes an uns erkennen!
Wir wollen uns, wenn es möglich wäre, tausend=
mal mehr freuen, als sich Gabriel freuen kann,

denn wir haben tausendmal mehr Ursache dazu,
als er. Unter uns ist Gottes Sohn, unser ist
er geworden, unser Fleisch und Blut hat er an sich
genommen, unser Bruder ist er jetzt und ewiglich.
Es ist nicht zu fürchten, daß nach Verlauf von
Ewigkeiten diese Liebe Gottes zu uns einmal wie=
der abnehme und endlich aufhöre, daß die mensch=
liche Natur, in welche sich das ewige Gut gekleidet,
wieder abgelegt werde. Nein, nein, so morsch ist
der Grund unserer Freude, so wandelbar ist die
Liebe Gottes nicht. Er hat uns seinen Sohn auf
ewig gegeben, zu einem ewigen Heiland. Wir
sollen bei ihm sein ewiglich, durch ihn g e r e c h t
und E r b e n sein des e w i g e n L e b e n s.
Er will uns, seine Schafe, nicht aus seiner Hand
reißen lassen, denn sein Blut ist für uns auf immer
und ewig vergossen, unsre Sünden sind dadurch
für immer und ewig getilgt, sie sind in das Meer
ewiger Vergessenheit gesenkt. Er will sich mit
uns verloben in Ewigkeit. In die ewigen Ewig=
keiten wird es heißen: Siehe da, Immanuel!

Gott mit uns! Gott im Menschen! Eine Hütte
Gottes bei den Menschen! Da wird man Gottes
Liebe zu uns Menschen erst vollkommen inne wer=
den im Licht und in alle Ewigkeit die Gunst an=
betend verehren, daß er sein Liebstes, Höchstes,
Bestes an uns gewendet und seinen Sohn uns
zum einigen Heiland geschenkt hat.

3.

Damit es bei uns allen zum Genusse solcher
Seligkeit komme und nicht einer möchte verloren
werden, so hat Gottes Liebe nicht nur das Höchste
an uns gewendet, seinen Sohn in die Krippe und
ans Kreuz gegeben, sondern er wendet nun ferner
auch alle Tage noch einen Überschwang der Güte
und Langmut an uns. Der selige Zweck soll er=
reicht werden, er will's ernstlich.

O wem seine Augen möchten aufgethan wer=
den, daß er sähe, was Gott thut, um auch nur
einen einzelnen Menschen aus dem Verderben zu
befreien, was für Langmut und Barmherzigkeit er
an ihm beweist, wie er ihm mit seiner Gnade

durchs ganze Leben hin nachläuft, ja v o r läuft
und ihn bittet, daß er i h m sein Herz einräumen
möchte! Gott bettelt gleichsam Tag und Nacht
um unser Herz und spricht: Lieber Mensch, n o ch
nicht? Willst du mir's noch nicht geben? Willst
du noch immer mit deinem Herzen von mir ab=
weichen und in der Sünde fortfahren? Noch nicht,
immer noch nicht willst du dich zu mir bekehren,
damit ich dich selig machen könne? Wann wird's
sein?

O bedenket dies, Zuhörer insgesamt! Bedenket
und merket, meßt ab, was es auf sich habe, daß
die Liebe Gottes uns also nachgeht und nichts mehr
von uns begehrt, als daß wir sie annehmen und
ihr nur Raum in unserm Herzen geben sollen.
Die Liebe Gottes ist ein Meer; wenn nur das
Herz sich nicht mutwillig verschließt, so wird sie es
gewiß mit lauter lebendigen Wassern erfüllen und
mit den Strömen einer göttlichen Liebe erquicken
und durchfließen. Erwägt: Wir sind zwar in
Sünden empfangen und geboren, von Mutterleibe

an Kinder des Zorns. Aber hat sich die ewige
Liebe Gottes nicht unser erbarmt, uns eher gesucht,
als wir sie, uns eher gefaßt, als wir sie? Sind
wir nicht bald nach unserer leiblichen Geburt in
das selige Wasserbad im Wort getaucht und da=
durch abgewaschen, gereinigt, gerechtfertigt, wie=
dergeboren, zu neuen Kreaturen und Kindern
Gottes geworden? Ach, wenn wir als Ungetaufte
an der Krippe stünden, so möchten wir unsre
Armut und Elend beweinen, dann wäre das Kind=
lein, obwohl uns gegeben und geboren, doch noch
nicht unser geworden! Aber siehe, wie bald hat
Gottes Liebe seinen Sohn uns ins Herz gelegt,
uns selbst in seine Gnade eingefügt, uns zu Kin=
dern und Erben des Himmelreichs angenommen!
Da war unser Herz schon ein hochbegünstigtes
Kripplein, in welchem das Kind ruhte, über wel=
chem die Engel spielten und sangen. Freilich
haben wir diese Gnade darauf wieder verloren
durch viel Sünden wider unser Gewissen, sind
dadurch wieder arm und elend geworden. Aber

hat uns Gott in unserm Elend hingehen lassen? Hat er nicht täglich gerufen, gelockt, wie die Glucke die Küchlein lockt, gewinkt durch sein Wort und uns selig zu machen gesucht? Wahrlich, wir wären Wahrheitsleugner, wenn wir dies leugne= ten. Gott hat uns mit Erbarmen getragen und was er uns in der Taufe geschenkt, widerruft er nicht. Glauben wir nicht, so bleibet er treu, er kann sich selbst nicht leugnen. Der Taufbund hat festen Grund. Es sollen wohl Berge weichen und Hügel hinfallen, aber seine Gnade und ihr Bund nicht. Sein Wasserbad soll uns immerdar wieder reinigen, wir sollen nur zur ersten Gnade in der Taufe zurückkehren. Denn es steht fest: „n a c h s e i n e r B a r m h e r z i g k e i t m a c h t e e r u n s s e l i g d u r c h d a s B a d d e r W i e d e r g e b u r t u n d E r n e u r u n g d e s H e i l i g e n G e i s t e s."

So arbeitet also die Liebe Gottes noch täglich an uns und wird nicht müde. Wenn sie einen Menschen findet, der, vom Gesetz getroffen, auf= hört, sich zu brüsten, hingegen betrachtet, was er für ein elender Wurm sei, wie er sich bis daher im Kot allerlei sündlicher·Lüste herumgewälzt und dadurch zu einem Scheusal in Gottes Augen gemacht habe, und daneben bedenkt, daß ihn Gott in seinem Unflat und Elend nicht liegen ließ, sondern sich über ihn erbarmen wolle, daher in sich schlägt, sich gern helfen lassen will und der Gnade nicht mutwillig widerstrebt : was thut denn Gott, wenn ein armer Sünder so weit gebracht ist? Er nimmt ihn an, wäscht, reinigt ihn, giebt ihm seinen Heiligen Geist, macht wieder einen neuen Menschen aus ihm durch die Wiedergeburt, kurz Gottes Liebe thut dasselbe wieder, wie ehedem in der Taufe, macht alles neu, giebt Kindschaft und Erbschaft des ewigen Lebens in Christo und um Christi willen. Er rechtfertigt den armen Sünder, holt für ihn das beste Kleid hervor, wie der Vater des verlornen Sohnes, legt ihm den Rock der Gerechtigkeit an. Ja, er stärkt uns und behält uns in der Hoffnung unter allem Kreuz und erhält uns so zum ewigen Leben.

O wie groß ist die Liebe Gottes gegen uns Menschen, daß er nicht nur das Höchste an uns gewendet hat, sondern noch alle Tage einen solchen Überschwang der Güte und Langmut an uns wendet!

Möge sie uns heut allen aufgehen, wieder aufs neue e r s c h e i n e n, diese Freundlichkeit und Leut= seligkeit Gottes! Mögen wir es an unsern Seelen erleben, wie freundlich er ist! Möge das Kindlein in der Krippe unser Herz durchleuchten und uns erfüllen mit Dank, Lob, Anbetung und vor allem mit einer unaussprechlich großen Freude:

Daß uns Gott so hoch geacht,
Sich mit uns befreundt gemacht!
Freude, Freude über Freude,
Christus wehret allem Leide!
Wonne, Wonne über Wonne,
Er ist die Genadensonne!

Amen. Amen.

Am zweiten Weihnachtsfeiertage.

(1854.)

Am zweiten Weihnachtsfeiertage.

(1854.)

Die Gnade unsers HErrn JEsu Christi, die Liebe Gottes und die Gemeinschaft des Heiligen Geistes sei mit euch allen! Amen.

In dem HErrn JEsu Christo herzlich geliebte Brüder und Schwestern!

Es ist eine bedauerliche, aber unleugbare Wahr= heit, daß sehr viele von den sogenannten Christen unserer Tage nie zu einem wahren, lebendigen, seligmachenden, die Sünde, den Tod und die Welt überwindenden Glauben gelangen. Nicht nur spricht unser Heiland auf die Frage: „HErr, meinest du, daß wenige selig werden?" also: „Ringet danach, daß ihr durch die enge Pforte ein= gehet; denn viele werden, das sage ich euch, da=

nach trachten, wie sie hinein kommen und werden
es nicht thun können" (Luk. 13, 23. 24.), womit
er diejenigen versteht, die zwar gerne möchten selig
werden, aber nicht auf dem Wege des Leidens ;
nicht nur sagt er, daß viele an jenem Tage sagen
werden: „HErr, HErr, haben wir nicht in deinem
Namen geweissagt? Haben wir nicht in deinem
Namen Teufel ausgetrieben? Haben wir nicht in
deinem Namen viel Thaten gethan?" und doch
das Urteil hören werden: „Ich habe euch noch nie
erkannt, weichet alle von mir, ihr Übelthäter";
nicht nur bezeichnet er den Weg, der zum Leben
führt, als einen schmalen Weg, den wenige finden:
sondern er öffnet uns auch die Augen, daß wir dies
aus der täglichen Erfahrung lernen.

Es ist doch so : ein Christ soll voll Glaubens
und Kräfte sein, nicht zwar dazu, daß er Wunder
thun könne, welche jetzt nicht mehr nötig sind,
weil unser Glaube in aller Welt mit Wundern
genugsam bestätigt ist, auch nicht so, als wenn er
gerade das höchste Maß des Glaubens besitzen

müßte, denn dies teilt Gott uns nach seinem Wohl=
gefallen, aber doch so, daß der Glaube auch o f f e n=
b a r werde. Aber bei vielen ist der Glaube ein
Licht, das nicht leuchtet, ein Feuer, das nicht
brennt, ein bloßes gemaltes Feuer, ein toter
Glaube. Es heißt bei ihnen nicht: „Ich vermag
alles durch den, der mich mächtig macht, Christum,"
sondern es heißt: „Ich vermag nichts, weil Chri=
stus nicht in mir ist, und ich nicht in Christo bin."
Sie bleiben in ihrer Ohnmacht als elende Sklaven
des Teufels und sind verkauft, Böses zu thun.

Bei vielen wird es besonders im L e i d e n
offenbar, daß sie ganz glaublose Leute sind. Ein
wahrer Christ setzt seine Zuversicht und seinen
Trost nicht aufs Zeitliche, denn er weiß wohl, daß
der zeitliche Trost nicht lange standhält. Aber
wie viele, die Christen heißen, sprechen zum Gold=
klumpen: „Du bist mein Trost!" Wie viele suchen
die Weltehre, verlassen sich auf Menschen und wie
geht es ihnen? Ach, wenn ihr Lebensschifflein ge=
fährlich schwankt, wenn sie in Not und Tod ge=

raten, zwischen Leben und Sterben hängen, so
verfliegt ihr Trost. Dann zeigt sich's, daß ihr
Goldklumpen ein Sodomsapfel ist, der außen lieb=
lich aussieht, aber inwendig mit Asche gefüllt ist;
dann zeigt sich's, daß ihre Ehre ein Regenbach
war, der in der Frühlingszeit voll und stolz dahin=
braust, aber in der Hitze des Sommers versiegt;
dann ist all ihr Trost wie die Flasche Hagars in
der Wüste, die nichts enthielt und einen Israel
verschmachten läßt — kurz, dann verzagen und
verzweifeln sie und wissen von keinem Halt. Und
was sie bei guten Tagen noch ziemlich wohl ver=
heimlichen konnten, nämlich daß sie den wahren
seligmachenden Glauben nicht haben und kennen,
das bricht in ihren Leidenstagen unaufhaltsam
heraus. Mit Murren wider Gott ohne Scham
und Scheu offenbaren sie sich sodann vor aller Welt
als jammervolle, glaublose Menschen.

Wie glücklich ist dagegen ein Christ, dessen
Glaube niemals in einem schöneren Glanze leuch=
tet, als wenn Menschenhilfe vergangen ist. Gerade

in den Leidenszeiten, wenn alles zu Ende scheint, gerade in den heißesten Tagen des Märtyrertums, wenn Christenblut in Strömen fließt, gerade dann stellt sich der Glaubenstrost eines siegreichen Strei= ters JEsu Christi in voller Herrlichkeit dar und macht ihn zum glückseligsten Menschen auf Erden. Weil wir aber alle von Natur vor dieser Seligkeit zurückschauern, so laßt sie uns heute ein wenig näher betrachten und durch Gottes Gnade liebge= winnen, die Seligkeit eines wahren Christen, der um seines Glaubens willen leidet.

Text: Ap.=Gesch. 6, 8—7, 54—59.

Stephanus aber, voll Glaubens und Kräfte, that Wun= der und große Zeichen unter dem Volk. Da sie solches höreten, ging's ihnen durchs Herz,, und bissen die Zähne zusammen über ihn. Als er aber voll Heiligen Geistes war, sahe er auf gen Himmel und sahe die Herrlichkeit Gottes, und JEsum stehen zur Rechten Gottes, und sprach: Siehe, ich sehe den Himmel offen, und des Menschen Sohn zur Rechten Gottes stehen. Sie schrieen aber laut und hielten ihre Ohren zu, und stür= meten einmütiglich zu ihm ein, stießen ihn zur Stadt hinaus und steinigten ihn. Und die Zeugen legten ab ihre Kleider zu den Füßen eines Jünglings, der hieß Saulus. Und steinigten Stephanum, der anrief und sprach: HErr JEsu, nimm meinen Geist auf! Er kniete aber nieder und schrie laut: HErr, behalt ihnen diese Sünde nicht! Und als er das gesagt, entschlief er.

Aus der verlesenen Epistel am Tage St. Stephanus, des Märtyrers, lasset mich euch heute vorstellen

Die Glückseligkeit eines wahren Christen, der um seines Glaubens willen leidet,

wobei wir erwägen

1. Wie unvermeidlich es sei, daß ein wahrer Christ um seines Glaubens willen leidet.

2. Wie selig er bei solchem Leiden sei.

O du lieber Heiland JEsu Christo, der du in keiner andern Absicht ein wahres Menschenkindlein

geworden bift und dich in die Krippe haft legen
laffen, als nur fo deine große, fchwere Leidens=
laufbahn für uns zu betreten, wir, deine ängft=
lichen, furchtfamen, leidensfcheuen Kinder und
Gliedmaßen knieen vor deinem Kripplein demütig
nieder und beten dich an; wir küffen dein für uns
mit Dornen gekröntes, blutbefloffenes Haupt;
wir fehen im Geifte fchon deine heiligen Hände mit
Nägeln für uns durchbohrt; wir wiffen, daß du
aus deinem Kripplein nun bald heraus und auf
Golgatha zu ziehen wirft, um für uns alle höllifche
Qual, Marter und Pein zu leiden. O gieb, du
Gotteslamm, das der Welt Sünde trägt, daß wir
auch unfern Rücken willig beugen unter dein ge=
fegnetes Kreuz, nicht zurückbeben, wenn wir um
deines Namens willen follen Schmach und Schmer=
zen leiden, fondern dir willig jeden Blutstropfen
in unfern Äderlein darbingen und, wenn du willft,
mit Freuden für dich fließen laffen, aus lauter
warmer Liebe zu dir, du teurer Heiland. O hilf,
HErr HErr, o JEfu hilf und ftärk uns Schwache

durch deine unüberwindliche Gotteskraft und gieb
uns den Sieg in allem Leiden! Amen.·

1.

Daß das Leiden eines wahren Christen um
seines Glaubens willen in dieser Welt ganz u n =
b e r m e i d l i ch ist, dies hat, meine Geliebten,
verschiedene Ursachen. Die erste Ursache nämlich
ist der Welt Bosheit, die zweite der Welt Mord=
gier, die dritte Gottes weise Schickung.

Was erstlich die Welt anbetrifft, so ist ihre
Bosheit und Gottesfeindschaft so groß, daß sie gar
nicht anders kann, als wahre Christen hassen, ver=
folgen und töten. Dabei ist sie so blind, daß sie
meint, Gott damit einen Dienst zu thun. Ein
wahrer Christ kann nichts weniger verbergen, als
seinen Glauben, und die Welt kann nichts weniger
leiden. Infolgedessen heißt es bei einem gläubi=
gen Christen allezeit: „Ich glaube, darum rede
ich, ich werde aber sehr geplagt." Du kannst dir
alles erlauben, du kannst stolzieren und prangen,

wuchern und schaben, fressen und saufen, e i n e n
Gott anbeten oder keinen, du kannst Gott lästern,
du kannst allen deinen Nebenmenschen zum Abscheu
herumgehen: es geschieht dir darum nicht das
geringste Leid. Du kannst ohne alle Gefahr ein
Irrlehrer, ein Seelenmörder sein und Tausende
von Seelen in zeitliches und ewiges Verderben
stürzen, — man lobt und rühmt dich vielleicht noch
darum. Thust du aber deinen Mund zum Be=
kenntniß deines lebendigen Christenglaubens auf,
zeugst du gegen eine Sünde und strafst sie, so mußt
du erfahren, du seiest der Sekte einer, der allent=
halben widersprochen wird. Du bist dann wie die
Ecksteine in den Gassen, die von dieser und jener
Seite angerannt werden; wie die Felsen im Meer,
wider welche Wind und Wellen sausen; du gleichest
den Bäumen im Walde, gegen welche die stürmen=
den Wetter brüllen und toben; den Trauben in
der Kelter, die gedrückt und gepreßt werden; den
gesteckten Zielen, auf welche die Schützen ihre Ge=
wehre richten und schießen.

Dies hat David erfahren, darum klagt er:
„Der Feind verfolget meine Seele und zerschlägt
mein Leben zu Boden, er legt mich ins Finstere,
wie die Toten in der Welt." (Psf. 143, 3). Dies
wurde der fromme Jeremias inne, deshalb seufzt
er: „Sei du mir nur nicht schrecklich, meine Zu=
versicht in der Not. Laß sie zu Schanden werden,
die mich verfolgen und nicht mich." (Jer. 17, 17.
18). Dies war die Aussicht, welche unser Heiland
seinen Jüngern in die Zukunft eröffnete, indem er
sprach: „Siehe, ich sende euch wie Schafe mitten
unter die Wölfe." (Matth. 10, 16.) „Sie wer=
den euch in den Bann thun; es kommt aber die
Zeit, daß wer euch tötet, wird meinen, er thue
Gott einen Dienst daran." Die Erfahrung be=
stätigte auch diese Vorherverkündigung, so daß
St. Paulus an die Römer schreiben kann: „Wie
geschrieben stehet: Um deinetwillen werden wir
getötet den ganzen Tag, wir sind geachtet für
Schlachtschafe." (Röm. 8, 36.) Und der heilige
Stephanus war nach seinem HErrn und Erlöser

das erste Opfer, das dem Haß der Welt
erlag, der erste teure Blutzeuge.
Tausende andere folgten ihm später nach.

Hat also ein Christ früherhin die Sünden der
Welt mitgemacht, hat er den Götzen der Welt, der
Augenlust, Fleischeslust und dem hoffärtigen Leben
auch geopfert, hat er sich mit den unreinen Welt=
freuden als mit Träbern gelabt und in dem Zu=
stande eines rohen Sünders dem Mächtigen in
Israel Hohn gesprochen ; und er geht nun von der
Gemeinschaft seiner vorigen Brüder aus, so ist die
Verachtung, Spöttelei und Verunglimpfung das
Nächste, das ihn trifft. Hierzu kommt noch das
Urteil des Heiligen Geistes von der Welt, welches
ein Christ demselben nachspricht, daß nämlich die
Welt im Argen liege, daß sie mit ihrer Lust ver=
gehe, daß der Zorn Gottes über die Kinder des
Unglaubens .kommen werde und dergleichen.
Wenn denn nun die Gläubigen das Urteil des
ewigen Todes über den sichern Sünder, über seine
Werke und Wege der Finsternis, über seine Tha=

ten in ihrer innern Schändlichkeit aussprechen
müssen, so kann ja freilich die Welt nicht anders
als die Zähne knirschen. Wenn daher Stephanus
den Juden vorhielt, daß sie den HErrn der Herrlichkeit gekreuzigt haben, daß JEsus Christus
wiederkommen werde, diese Stätte seiner Mörder
umzukehren, so ist es, obschon er damit nur ihre
Bekehrung im Auge hatte, doch bei der natürlichen
Bosheit der Welt kein Wunder, daß ihnen solches
durchs Herz ging und sie die Zähne über ihn zu-
sammenbissen.

Hierzu kommt des Satans Mordgier, der die
gläubigen Christen allenthalben wie ein gewandter
Vogelsteller umschleicht und ihnen mit Lügen und
Morden Tag und Nacht keinen Frieden innerlich
und äußerlich lassen will, wodurch das Leiden
eines Christen um seines Glaubens willen auch
zweitens unvermeidlich wird. Der Teufel ist ein
Mörder von Anfang, er betrieb die Kreuzigung
Christi, er war in den Judas Ischarioth gefahren,
daß er den HErrn verriet, er war in die Juden

gefahren, daß sie das „Kreuzige! Kreuzige!" wie Wahnsinnige ausriefen und ohne zu wissen, was sie thaten, den Sohn Gottes erwürgten. Es ist zwar kein Zweifel, daß j e d e F e i n d s e l i g k e i t, namentlich auch gegen die Gläubigen, in den Herzen der Menschen vom Satan herrühre, doch gilt dies namentlich von solchen greulichen Dingen, die nicht mehr menschlich sind. Wenn Kain seinen guten frommen Bruder Abel, der ihm nichts zu leid gethan, wenn die Juden Christum, ihren höchsten Wohlthäter und Messias, erwürgen, wenn die Welt so blutgierig wird, daß sie das Blut eines Stephanus und anderer heiliger Märtyrer in Strömen vergießt, das ist nicht mehr mensch= lich, das rührt von dem aus dem Abgrund her. So erregt der Satan noch jetzt die Sturmwinde der Gottlosen, daß sie gegen die Gläubigen in ihren geheimen Kammern Qual und Grausamkei= ten planen.

Doch ist dieses nicht so zu verstehen, als ob der Teufel eine unumschränkte Macht hätte, Übels zu thun und Christen zu ermorden. Er ist vielmehr eine Schlange, welcher bereits der Kopf zertreten ist, die nur noch mit dem Schwanze schlägt. Sondern es verhält sich mit seinem Wüten so, daß der allmächtige Gott zuweilen uns zum Besten dem Satan zuläßt, uns mit den allergrößten Leiden anzutasten.

Die dritte Ursache, warum das Leiden um des Glaubens willen für einen Christen unvermeidlich ist, ist somit die gnädige und weise Schickung Gottes.

Weil das Leiden unserm Fleisch und Blute eine so widerliche Sache ist, so laßt uns wohl erwägen, daß ohne Gottes heiligen Rat und Willen, ohne sein Verhängnis und seine Verordnung sich kein feindseliges Herz an uns machen, uns beleidigen, verfolgen und betrüben kann. Als einst Simei dem David aufs greulichste fluchte und einige von Davids Leuten sich darüber entrüsteten, verwies ihnen der König jegliche Vergeltung mit den Worten: „Der HErr hat's ihn geheißen."

Nicht als ob Gott die Bosheit in Simeis Herzen erweckt hätte, sondern, da dieselbe schon längst in ihm kochte, so verhängte Gott, daß Simei eben jetzt mit seinen bittern Reden den unglücklichen König verletzen durfte. In dergleichen Fällen muß man dann mit David sprechen: „Ich will schweigen und meinen Mund nicht aufthun, du wirst's wohl machen." Ps. 39, 18.

Der HErr unser Gott hat aber gar gnädige und weise Ursachen, warum er bisweilen Ver= folgung über uns verhängt.

Es ist uns nämlich allen angeboren, daß wir gern hoch sind und die Ehre bei Menschen suchen. Das ist die eigene Liebe, die uns bethört, Lucifers und Adams Fall. Besonders aber findet sich diese gefährliche Unart in guten Tagen, bei zeitlicher Glückseligkeit, wenn einem Menschen Reichtum zu= fällt, wenn seine Nahrung, sein Handel gesegnet ist, oder wenn ihm Klugheit und Geschick zu wich= tigen Ämtern eigen ist; wenn mancher Bürger durch Gottes Fügung eine gute Stelle an einem

nahrhaften Orte der Stadt, ein wohlgelegenes
Haus zur Wohnung erlangt hat, und nun den
Zuwachs an zeitlichen Gütern verspürt, wenn ein
anderer zu einem Ehrenamt und hoher Würde
erhoben ist, — so bleibt Hochmut, Prahlerei,
Weltförmigkeit und Eigenliebe selten aus. Da
denkt denn Gott der HErr: Ich will einen bösen
Nachbar, eine scharfe Zunge über dich schicken, wie
den Satan über Hiob und des Satans Engel über
Paulum, und verhängen, daß dich eine Geisel
treffe und eine Faust schlage, auf daß du herzlich
demütig bleibest.

Das ist also eine Ursache, warum Gott mitun=
ter Anfechtungen des Glaubens über uns verhängt ;
eine andere ist die mögliche Bekehrung der Verfol=
ger. Gleichwie nämlich Gott seinen Sohn in die
Welt, das Licht in die Finsternis, den Allerheilig=
sten in den Stall einer Herberge, die voll böser
Leute war, gesandt hat, damit das Licht in die
Finsternis scheine und die Güte die Bosheit über=
wände, so handelt er auch mit seinen Heiligen,

des HErrn JEsu Nachfolgern in der Welt, sendet
und setzt und verpflanzt manchmal seine schönsten
Blumen mitten unter den Dornhecken, stellt seinen
Leuchter dahin, wo die Finsternis am dicksten ist.
Da kann nun freilich die Verfolgung und das
Leiden gläubigen Christen nicht ausbleiben. Aber
aus dem Anblick der Sanftmut und Geduld, der
Demut und Liebe, der Frömmigkeit und Gott=
seligkeit, oder auch selbst aus dem vergossenen
Blut der Heiligen geht manche schöne andere
Blume auf, manches Verfolgers Herz wird durch
den Verfolgten bekehrt. So sind viele Peiniger
durch die heiligen Märtyrer bekehrt worden, daß
sie sogleich auch die Martern um des Glaubens
willen leiden konnten. Und selbst hier in unserm
Text wird uns einer unter den Verfolgern des
heiligen Stephanus genannt, der hernach nicht
nur selbst die Marter litt um Christi willen, son=
dern der auch durch Gottes Erbarmen ein auser=
wähltes Rüstzeug wurde zur Bekehrung vieler
tausend feindseliger Herzen bis auf unsere Zeit,

ja bis ans Ende der Welt, nämlich der große
Heidenapostel Paulus. „Denn die Zeugen
legten ab ihre Kleider zu den Füßen eines Jüng=
lings, der hieß Saulus." Und St. Paulus
betete später zu Jerusalem: „HErr, da das Blut
Stephani, deines Zeugen, vergossen ward, stund
ich auch daneben und hatte Wohlgefallen an seinem
Tode und verwahrte denen die Kleider, die ihn
töteten." Ap.=Gesch. 20, 20.

So ist denn freilich nicht allein wegen der Welt
Bosheit und des Teufels Mordgier, sondern auch
wegen Gottes gnädiger und weiser Verordnung
das Leiden der Christen um ihres Glaubens willen
unvermeidlich.

2.

Doch damit wir recht von Herzen willig wer=
den, um unsers Glaubens willen zu leiden, was
und wie es unser Vater im Himmel über uns be=
schließt, so laßt uns zweitens auch bedenken, wie
groß die Seligkeit eines wahren Christen sei, der

von Gott gewürdigt wird, um seines Glaubens
willen zu leiden.

Es gehören aber hierher nicht allein die eigent=
lichen Martern, wie Zersägen, in Öl sieden, ver=
brennen, von wilden Tieren zerreißen lassen,
kreuzigen, steinigen u. s. w., sondern auch alle jene
kleineren Anfeindungen, jene beißenden Spott=
reden, jene giftigen Schmähworte, jene boshaftigen
Verleumdungen, die einen Christen um seines
Glaubens willen täglich treffen und die ihn
namentlich im Anfang oft sehr viel zu schaffen
machen.

Wie zärtlich ist unser Herz, wie leidensscheu!
Viele fallen geradezu wieder ab, weil sie diese
Anfechtungen nicht ertragen können. Wenn du
aber kein beißendes Wort, keinen spöttischen Blick,
kein höhnendes Lächeln von den Weltkindern dul=
den kannst, wie willst du beim Anblick des
Schwerts, des Scheiterhaufens, des siedenden Öls,
der reißenden Tiere, der fliegenden Steine im
Glauben standhaft bleiben? Ach, wenn Gott über

uns solche blutige Verfolgungen verhängen sollte,
wer würde wohl standhaft ausharren bis ans
Ende? Wer würde wohl dem heiligen Stephanus
und tausend andern heiligen Märtyrern nachfolgen
wollen? Wer würde Gott und seinen Heiland
mehr lieben, als Vater und Mutter, Weib und
Kind und sein eigenes Leben?

Und doch, es liegt eine große Seligkeit in die=
sem Leiden verborgen, denn die Feindschaft der
Welt stiftet oft die innigste Freundschaft zwischen
Gott und seinen Gläubigen oder befestigt doch die=
selbe immer mehr. Die Bitterkeit und Bosheit
der Gottlosen macht Gottes Wort, besonders die
edlen Psalmen, desto süßer und verwandelt sie
in lauter Honigblumen. Der böse Nachbar, des
Feindes gottloses Fluchen, Schmähen, Lästern
jagt die Gottseligen in ihr Betkämmerlein, wo sie
den Himmel um sich fühlen. Unser Herz ist öfters
wie ein Feldhuhn, das, wenn es gejagt wird,
immer auf der Erde fortläuft, so lange es einen
freien Gang findet; merkt es aber, daß man es

allenthalben umgeben hat und nun haschen will,
so schwingt es sich in die Lüfte gen Himmel.
Wissen oder hoffen wir auf Erden noch irgend
einen Ausweg, so bleiben wir meist an der Erde
und begnügen uns mit dem irdischen Trost; wenn
uns aber die Bosheit der Widerwärtigen ganz um=
ringt hat, so lernen wir den Weg gen Himmel
treffen und sind froh, daß uns der noch offen steht.

Deshalb sagt Dr. Martin Luther: „Gott ist
der Zimmermann, wir sind das Holz, das Werk=
zeug ist das liebe Kreuz. Hie zimmert und arbei=
tet er an uns, hobelt an uns, daß er den alten
Menschen in uns töte samt seiner Weisheit, Klug=
heit, Heiligkeit, ja mit allen seinen Lastern und
uns alle vollkommen bereite, daß wir seine neuen
Kreaturen seien. Hierzu muß er nehmen große
Äxte, Beil, Sägen, Keile, d. i. böse Thrannen,
Teufel, Rottengeister, falsche Brüder, Hunger,
Pestilenz, Krankheit, Kerker, Strick, Schwert und
wer kann sie alle herzählen? Solch Werk Gottes
währt bis in den Tod; durch solch Werk ist die

Christenheit so groß und stark geworden. Dadurch,
sagt er, sind die lieben Märtyrer gen Himmel
kommen, dadurch sind die heiligen Väter in der
Schrift erleuchtet worden, dadurch werden erfahren
und geschickte Christen, die da tüchtig sind, in allen
Dingen zu raten und zu helfen. Dadurch werden
sie keck und gereist, wider den Teufel und die
Sünde zu streiten, dadurch werden sie tüchtig zu
allem guten Werk. Und Summa: dadurch wird
der Glaube geübt, das Evangelium geschärft und
die Christen ein rechtschaffen Wesen und neue
Kreatur Gottes."

Manchmal hat der gerechte, doch gnädige Gott
bei seinen Kindern, die er von der feindseligen
Welt angreifen und plagen läßt, sein Augenmerk
auf eine heimliche Sünde, die sie etwa vormals
begangen und noch nicht genugsam erkannt und
bereut haben. Er will dann, daß sie ihr Herz
auf den Grund durchsuchen und in Reue zerfließend
den alten Schaden merken und mit Josephs Brü=
ern ausrufen: „Das haben wir an un=

ſerm Bruder — an dieſer und jener Übelthat
— verſchuldet!"

Bei dieſer Züchtigung iſt aber große Seligkeit,
denn Gott geht dabei gar ſäuberlich mit ihnen um,
er züchtigt ſie ſo, daß ſie vor den Menſchen die
Ehre haben, unſchuldig zu leiden. Wenn z. B.
David nach ſeinem Ehebruch und Totſchlag nicht
ſofort dem Bluträcher übergeben wird, vergißt
Gott doch nicht, ſein liebes Kind zu züchtigen und
zu einer paſſenden Zeit läßt er eine Verfolgung
kommen, wobei der fromme David fliehen muß
vor ſeinem eigenen Sohn und wobei er von Simei
geſchmäht und verflucht wird. Da wurde David
gezüchtigt und mußte doch vor den Menſchen die
Ehre haben, daß er unſchuldig leide, denn unſchul=
dig war er vom Reiche verſtoßen. So geſchieht es
noch jetzt, daß oft ein frommes Gotteskind mit
einem Fehl übereilet wird, wovon niemand etwas
weiß, als Gott und es ſelbſt. Da ſpricht denn
Gott zu der betrübten Seele: „Bekümmere dich
nicht, ich will dich nicht verſtoßen, aber züchtigen

will ich dich mit Maßen, auf daß du dich nicht unschuldig hälteft." Jer. 30, 11. Und zu ge= legener Zeit giebt er dann den Gottlofen Raum, fein Kind zu züchtigen und ehret's doch zugleich vor der Welt, indem es unfchuldig und um feines Glaubens willen leiden darf! Ach wie felig ift es denn, folche väterliche Treue in Gott dem HErrn zu erfahren! Wie füß wird das Leiden dadurch, auch das fchwerfte!

Eine andere Seligkeit ift auch die, daß die Gläubigen durch das Leiden der Gefahr der Ver= führung entrückt werden! Denn die Erfahrung lehrt es, wie viele der Welt Freundfchaft von Gott ab=, aber der Welt Feindfchaft zu Gott hin= zieht und treibet, wie viele die Welt mit Scherz, Schmeichelei, Aufwarten, Lachen, Spielen in die Hölle führt, wie viele dagegen fie mit Schmähen, Läftern, Fluchen und Verfolgen zur Thür des Himmels jagt. Deshalb haben gottfelige Seelen, welche vor andere eine große Erkenntnis befaßen, fich allezeit mehr über die Verfolgung von feiten

der Welt, als über ihre Ehrenbezeigungen gefreut.
Gott nimmt uns auch oft deshalb den irdischen
Trost durch Verfolgung hinweg, damit er uns mit
himmlischen Trost erfülle. Warum wird das
Land umgerissen? Warum wird das Gold ins
Feuer gesetzt? Warum wird der Edelstein poliert
und geschliffen? Warum wird die Perle durch=
bohrt? Das Land soll Früchte tragen, das Gold
geläutert werden, der Edelstein desto klarer spie=
geln, die Perle sich zum Schmuck an eine Schnur
ziehen lassen! Das Herz aber soll in Verfolgung
immer mehr ein Opfer Gottes werden, zu einem
süßen Geruch, und das kann nicht geschehen ohne
den allerinnigsten, tiefsten, himmelsüßesten Trost
des Heiligen Geistes. Im Regenwetter stehen die
Kornähren mit hängenden und bethränten Häup=
tern, als trauerten sie, aber inwendig fühlen sie
den lebenskräftigen Odem des Allmächtigen und
werden sichtlich erquickt.

Wäre Stephanus nicht von falschen Zeugen
zum Tode angeklagt worden, so hätte sein Ange=

ficht nicht geglänzt, wie eines Engels Angeficht.
Hätten ihn die Menfchen nicht umringt wie Löwen,
fo hätte fich ihm der Himmel nicht aufgethan, daß
er die Herrlichkeit Gottes mit leiblichem Auge und
Entzücken fah. Wären nicht die mörderifchen
Steine ihm um das Haupt geflogen zu einem
blutigen Ende, fo hätte er nicht mit folcher feuri=
gen Inbrunft, mit folchem himmlifchen Frieden,
mit folcher brennenden Feindesliebe niederknieen
und fo gewaltig für fich und feine Feinde beten
können.

„Ich bin bei ihm in der Not,“ fpricht Gott
über der verfolgten Seele, „ich will ihn heraus=
reißen und zu Ehren machen.“ Die Fluten dürfen
ihn nicht erfäufen, die Flamme foll ihn nicht an=
zünden, die Steinwürfe ihn nicht töten und ob er
auch darunter ftürbe, fo foll er doch vor innerm
Troft und Seligkeit nicht fühlen, fo foll er doch
den Tod nicht fchmecken und bei mir ewiglich leben!
O wie felig ift ein wahrer, lebendiger, um feines
Glaubens willen leidender und im Glauben die

Schwerter des Feindes siegreich überwindender Christ!

Der getreue Gott stelle uns immerhin auf die Probe, er versuche unsern Glauben, unsere Liebe immerhin, er kann uns doch mit seinem Troste nicht verlassen, er wird unsre Hände lehren streiten und unsre Fäuste kriegen wider den letzten Feind und uns Stephani Himmelfahrtsgesang in den Mund legen: „HErr JEsu, nimm meinen Geist auf!"

Amen.